M000120340

Entre lápidas y mausoleos
Teatro

José Díaz

Entre lápidas y mausoleos
Teatro

José Díaz

José Díaz
Entre lápidas y mauseoleos

ISBN: 978-1-7379109-1-6
Registro legal

Edición original Julio 2020
Edición revisada Enero 2022
Esta edición Mayo 2022

© José Díaz - Todos los textos menos el poema "Lázaro" escrito por José Asunción Silva.

Correo electrónico de José Díaz:
panoramalatin@hotmail.com
danilza@ptd.net
YouTube - José Díaz.Escritor
josediazescritor.blogspot.com

© Todos los derechos reservados. Queda prohibida la reproducción parcial o total de esta obra sin la autorización escrita de los titulares de los copyright, bajo las sanciones establecidas por las leyes.

Impreso en los Estados Unidos.

"La muerte es un castigo para algunos,
para otros un regalo
y para muchos un favor"
Séneca

Contenido

Entre lápidas y mausoleos.................................9

Los ensayos...75

La primera lectura...93

El público...115

Personajes en orden de aparición:

Todas maquilladas como La Muerte, Catrinas o La
Santa Muerte, vestidas de negro excepto Bondad que sin
maquillaje lleva un traje claro y Lujuria que sensual-
mente maquillada estará vestida de rojo y en tacones
altos.

Lujuria
Envidia
Vanidad
Ira
Bondad
Pereza
Gula
Avaricia

La pieza transcurre en un cementerio al anochecer. Hay luz de luna y neblina. Velones y veladoras cerca a las lápidas y mausoleos. Una cruz de cal en algún lugar en el piso. Una que otra tumba acompañada de objetos de un difunto. Cerca a una lápida hay juguetes, flores blancas, violetas y amarillas (cempasúchiles). Las muertes no se ven a simple vista, están todas cubiertas con una tela o una malla negra, sentadas y repartidas entra lapidas y mausoleos. Cada que vayan apareciendo en escena se quitan la tela o la malla que las cubre. Cerca a uno de los mausoleos hay un ataúd. Las muertes, después de mostrarse se moverán y desplazarán a discreción del director. Huele a incienso.

LUJURIA: (*Oculta, desde un mausoleo lanza sonidos alegres y sensuales, está excitada masturbándose con un vibrador*).

ENVIDIA: (*En voz alta dirigiéndose al mausoleo donde está Lujuria*). Dejá ese vicio.

VANIDAD: (*Haciéndole coro a Envidia*). Sí, dejá ese vicio.

IRA: (*A Vanidad*). Mirá quién habla.

BONDAD: (*Caminando hacia el ataúd. Reflexionando y hablando para sí*). Nunca para, nunca para.

LUJURIA: (*Continúa excitada, se escucha claramente el sonido del vibrador que será más audible con la llegada del clímax*). Ah......

PEREZA: (*Desperezándose*). ¿Por qué carajo tienen que hacer ruido?

GULA: *(Tira unas cáscaras de banano que acaba de consumir).* Déjenme comer en paz, sin perturbaciones.

AVARICIA: *(Inventariando a su alrededor, como si el cementerio fuera de ella. Delirante).* Todo lo mío, todo lo mío. Fantástico, todo lo mío. *(Deja caer unas monedas que después recoge)* Todo lo mío, todo es mío. *(Recorre el cementerio con su mirada, sacude la bolsa con las monedas).*

GULA: Una buena digestión es cosa delicada.

IRA: No me gusta cuando no cuentan conmigo.

VANIDAD: *(Sarcásticamente, dirigiéndose a Ira)* Tómate un *selfie.*

LUJURIA: *(Después de lograr el clímax y lanzar su última exhalación de satisfacción).* Uf. Fue increíble!.

TODAS LAS MUERTES: *(Hay una pausa {1, 2, 3, 4}) (En coro mientras siguen a un personaje imaginario que pasa entre las lápidas y mausoleos-Algunas la señalan).* Allí va Nona. Con mucha lana y rueca nueva. Fabricando hilos de vida para inventar muerte *(Pausa {1,2}-Reiterativas como si ya lo hubieran dicho).* El huso también es nuevo. *(Pausa {1,2})* Fabricando hilos de vida para inventar muerte.

LUJURIA: *(Emite un sonido sensual)* Ah...

BONDAD: *(Que está cerca al ataúd y refiriéndose a la Lujuria)* ¿Otra vez?

PEREZA: Dejen descansar, dejen dormir.

BONDAD: *(Abriendo y cerrando la tapa superior del ataúd. La que usualmente cubre la cara del difunto).* Pobre criatura.

IRA: ¿Quién es?

BONDAD: Debió haber sido muy pobre.

ENVIDIA: (*Inquisidora*) ¿Cómo lo sabes?

BONDAD: No lo han maquillado y está semidesnudo.

VANIDAD: (*Mirándose en el espejo, burlonamente*)
Huy que pecado.

AVARICIA: Eso le pasa por pobre. ¡Ser pobre no paga
y es una joda!

TODAS LAS MUERTES: ¡No paga y es una joda!

BONDAD: ¡Qué horror! No pueden burlarse así de los
humildes.

AVARICIA: El pobre siempre estará jodido, por eso
yo... (Con el dedo pulgar sobre el del corazón y el índice
hace notar que tiene dinero).

BONDAD: Tu avaricia muestra que tiene la aporofobia
a flor de piel.

VANIDAD: Solo cuando se hacen polvo (*Señala las
tumbas*) se igualan.

TODAS LAS MUERTES: Ahí sí se igualan, ahí se igualan.
(*Pausa {1, 2}*). Todos, todos, toditos. (*Pausa {1, 2}*) Todos
se igualan.

GULA: (*Lanza un eructo después de sorber un re-*

fresco). ¡*Borp!*

PEREZA: *(Mira a Gula fijamente).* Déjenme descansar en paz, sin perturbaciones. Una buena siesta es cosa delicada. Ya tú comiste vieja golosa.

GULA: *(A la pereza)* Vieja como la muerte, como una buena digestión. *(Despreciativa)* Vieja perezosa.

PEREZA: Y tú *(Pausa {1, 2})* golosa, glotona insaciable. ¡hum!

LUJURIA: *(Que ha salido del mausoleo. Luce muy sexi y camina sobre unos zapatos de tacón alto que maneja muy bien-Todas, menos Gula y Pereza se juntan y la siguen. Se da vuelta de repente y encara a las muertes).* ¿Y?

LAS MUERTES QUE SIGUEN A LA LUJURIA: (Después de mirarla como inventariándola) ¡Uf!

LUJURIA: *(Retadora)* ¿Qué? ¿Les sorprende?
                  (Las muertes se dispersan).

ENVIDIA: *(A Lujuria).* Tu belleza me molesta.

AVARICIA: Necesito ver

VANIDAD: *(A Avaricia:).* ¿Estás ciega?

AVARICIA: *(Con modales llama la atención de Lujuria y como suplicante con el puño de la mano derecha cerrado hace ademanes como si un hombre se masturbara).* Verte en plena acción.

LUJURIA: *(A Avaricia).* Tu avaricia y tu tacañería te

privaron del gozo.

IRA: No del dinero.

ENVIDIA: ¡Wall Street! ¡Orgías de dinero que vi pasar
con dolor!

PEREZA: ¡Ocupa Wall Street!

VANIDAD: Eso ya pasó.

GULA: Quedó la Cleptocracia.

ENVIDIA: Los magnates, los ladrones, los corruptos,
los banqueros, los acaparadores, los prestamistas, los agio-
tistas. Los Madoff y todos esos bandidos de cuello almi-
donado y corbata costosa. Los envidio.

AVARICIA: No tenemos la culpa de tu desgracia.

ENVIDIA: Envidio hasta la mujer sumisa y delicada
que nunca se entera de nada y a la amante voluptuosa que
si sabe... (*Ademán de contar dinero*).

IRA: Estás hecha para sufrir.

BONDAD: (*A Envidia*). Tienes esa enfermedad termi-
nal que no mata y corrompe.

ENVIDIA: (*A Bondad, mostrando sus brazos y piernas
indicando que está sana*). No se de que hablas, estoy sana.

BONDAD: Es por dentro, eres envidia te mueres.

ENVIDIA: Me siento bien y tranquila. Segura que
debo ser la mejor.

BONDAD: ¡Qué tristeza!

GULA: En Wall Street, algunos comen dinero. No sabe a nada, lo he probado. Quieren darle la sazón que no tiene. ¡Idiotas!

PEREZA: ¿Dónde dijiste?

GULA: Wall Street.

PEREZA: ¡Ocupa Wall Street!

VANIDAD: Gran gente, tremenda gente, gente buena.

PEREZA: Solo pensar en la contada de tanto billete y moneda me cansa. Ah y los papelitos esos de las acciones. ¡Qué horror! ¡Qué pereza!

IRA: Tienen buenos exponentes.

BONDAD: ¿Cuáles?

ENVIDIA: *(Contándolos con los dedos de la mano).* Uno, dos, tres, cuatro, cien, mil. Todos esos ladrones de cuello blanco y los decentes también.

BONDAD: ¿En Wall Street?

ENVIDIA: En ambos lados hay gente buena y gente mala.

LUJURIA: Hay mujer estás hablando como,,,

ENVIDIA: ¿Cómo quién?

LUJURIA: Tú sabes cómo quién. No te hagas la idiota.

AVARICIA: ¿Alguno aquí no quiere ser rico?

BONDAD: El problema no es la riqueza, es el exceso.

PEREZA: ¡Ocupa Wall Street!

(Lujuria que se ha cambiado los zapatos pasa por la boca del escenario, bien coqueta y seductora. Mira a Avaricia y le hace señales que no la verá).

BONDAD: *(Abre la tapa del sarcófago, observa al difunto y cierra la tapa).* Esta nunca fue propiedad privada.

LUJURIA: *(Volteándose hacia el féretro).* La más puta de las señoras. *(Se desplaza coqueta y seductora a un mausoleo).*

GULA: Mató la monogamia.

VANIDAD: Tremenda mujer, la querían mucho. Era bellísima.

ENVIDIA: Asesinó la decencia.

LUJURIA: ¿Qué sabes tú de decencia?

GULA: *(Recorriendo a las muertes con su mirada)* Pocas sabemos de eso *(Pausa {1, 2})* *(Señala hacia el ataúd con los labios)* inventó el cuerno.

PEREZA: Se jodió el descanso.

AVARICIA: El viudo también.

TODAS LAS MUERTES: Dale señor el descanso eterno.

PEREZA: (*Reflexionando*) No ese, ese no, ese, déjenmelo a mí.

BONDAD: ¿En qué quedamos?

LUJURIA: (*Que ha vuelto a un mausoleo*). Es conceptual. Bueno... Se ve que era hermosa, tetas lindas, culo nuevo.

IRA: (*Como con rencor*) Labios empotrados.

LUJURIA: Dos cuerpos, como el de muchas (*Pausa*) el mío no (*Se contorsiona*).

ENVIDIA: (*A Lujuria*). Siempre opinas. (*Ordenándole e imitando con el puño cerrado de la mano derecha a un hombre que se masturba*) Dale, manos a la obra.

LUJURIA: (*A Envidia*). Y tu loquita por ver (*Pausa {1, 2}*) y no vas a ver.

PEREZA: (*Haciendo un análisis*). El descanso no puede morir ni se puede dar. ¿Qué es eso de: darle señor el descanso eterno?

LUJURIA: (*A Envidia*) Nunca verás.

(*Bondad se desplaza y pasa cerca a Gula. Por poco se resbala al pisar una cáscara*).

BONDAD: (*A Gula*). No tires todas esas cáscaras al piso. Casi me caigo.

GULA: (*A Bondad*). Siempre invades terrenos

ajenos.

BONDAD: Aquí todo es de todos.

GULA: Eres muy sana, eres Bondad, no perteneces a este lugar.

BONDAD: Sitio público.

GULA: Los que aquí moran: ni sienten, ni padecen. No sé ni para qué los guardan.

BONDAD: Más respeto con los muertos.

GULA: ¿Por qué no establecemos una regla?

BONDAD: ¿Tú hablando de reglas?

GULA: ¿Será que habría un momento para reglas?

BONDAD: Aquí solo hay una: polvo eres y en polvo te has de convertir.

TODAS LAS MUERTES: En polvo te has de convertir. (*Pausa* {1, 2}) Polvo al polvo. (*Pausa {1, 2}*). Polvo al polvo. (*Recorren el cementerio con sus miradas* {1, 2}). Polvo al polvo.

LUJURIA: (*Muy coqueta*) Polvo al polvo, me encanta lo del polvo.

GULA: Por ahí se escuchan los que ponen flores.

AVARICIA: No falta los que se las roban.

GULA: ¿Quejándote?

AVARICIA: Hasta que no te pillen todo vale (*reflexionando después de una pequeña pausa*) además la cleptomanía es una virtud. Que quede claro.

BONDAD: Es una vergüenza.

AVARICIA: Los moralistas pecadores hablan del pecado hasta que ¡zaz! Los encuentran con las manos en la masa.

LUJURIA: Son cosas que uno no entiende.

AVARICIA: (*A todas las muertes*) Para contarles una: hubo en una gran nación, un congresista símbolo del movimiento contra el aborto que, mandó a su amante a abortar. No les digo el país porque pululan por el mundo *(Pausa {1, 2})* pero ustedes saben, (*Reiterativa*) ustedes saben.

LUJURIA: Para contarles otra: al cura pedófilo Marcial Maciel lo protegieron hasta el final. Lo castigaron enviándolo a vivir una vida de oración y penitencia, murió tranquilo. (*Exclamativa*) ¡Flor de hijo de puta!

GULA :   En buen puertorriqueño él era un cura cabrón (*subiendo el tono*) e hijo de la gran puta. (*Otro tono*) Los que violó mantienen sus problemas.

LUJURIA: (En tono alto) ¡Y ahora Ratzinger!

TODAS LAS MUERTES: ¡Ratzinger! El Benemérito Benedicto XVI.

LUJURIA: Cubrió abusadores cuando fue arzobispo en

Munich.

TODAS LAS MUERTES: ¡Ratzinger! *(Pausa {1, 2, 3, 4})* El Benemérito Benedicto XVI.

BONDAD: Y así continúa la hipocresía. "Has como yo digo, no como yo hago" *(Pausa {1, 2})* ¡y apaguen la luz y buenas noches¡

LUJURIA: Lo malo no es la hipocresía, parece que lo malo fuera la franqueza. A mí me encanta el sexo, lo digo y lo practico con adultos que lo deciden. ¿Ven queridas la diferencia?

IRA: ¿Siguen por allí los de las flores?

PEREZA: A los muertos les encantan los cempasúchiles.

IRA: Así dicen.

AVARICIA: Y los que se roban las flores ¿Pecan?

GULA: Coger lo ajeno es inmoral.

ENVIDIA: A mí me enseñaron que el fin justifica los medios.

GULA: ¿Ven? Esa es la joda. Los animales, que estos humanos (Señala tumbas y mausoleos) dicen que son menos que ellos no toman más de lo necesario.

LUJURIA: Es verdad.

PEREZA: Déjenme descansar.

GULA: Yo veo algunos que vienen muy en paz a hacer sus altares con muchas flores y comida, pero veo también los que llegan tarde a robarse lo que pueden.

ENVIDIA: Es una virtud personal, una forma de vida.

GULA: ¿Y tú crees que está bien?

ENVIDIA: ¿Y por qué estaría mal? Los vivos viven de los pendejos.

GULA: No es justo, no debe ser.

IRA: Justo no es la comida que te tragas.

GULA: Son cosas diferentes. Es mi Ortorexia.

LUJURIA: ¿Ortorexia? Entre más tragas más necesita el resto. Tragas de todo.

BONDAD: Gentes vienen en duelo a poner sus flores y a hacer sus altares para alagar a sus difuntos. Algunos son muy lindos y vistosos, muy bien trabajados.

PEREZA: Me gusta sentarme a verlos hacer. Los hacen el Día de los Muertos.

GULA: Me conviene, dejan mucha comida ese día.

VANIDAD: A mí lo que me gusta de todo aquello es la decoración color naranja.

GULA: Ojalá los hicieran con más frecuencia. Dejan comida, agua y bebida por toda parte.

VANIDAD: Adoro el color naranja y me enloquece el olor a la naranja.

GULA: Dejan muchas calaveritas que son dulces. Me encantan de sobremesa.

PEREZA: Miro y descanso.

GULA: En emergencia los cempasúchiles son sabrosos (*Reflexionando*) bueno no solo en emergencia, valga la pena aclarar, son bellos y sabrosos.

AVARICIA: Prefiero lo del negocio. Lo de robar las flores. Total las flores se venden después de colocadas un par de veces. Ese día rinden mucho y dan mucha plata. (*Ademán de ganar y tener dinero*)

IRA: Ven la tumba allá atrás (*Señala*) a ese lo ha debido de querer mucho su viuda, ella viene todas las semanas y todas las veces que viene llora. El sepulturero de ese lado contó que el tipo era bipolar y que murió de un ataque de cordura.

LUJURIA: El Día de los Muertos esto aquí se llena. Vienen desde temprano con las flores, la comida, la bebida, los juegos, muchas fotos y otras cosas.
GULA: Es algo muy serio.

LUJURIA: Se ve de todo, aquí viene una señora que trae a la amante de su difunto esposo.
Las dos lloran, se emborrachan y se van cantando.

PEREZA: Muy tranquila diviso la jornada completa. Me sorprende ver como lloran los malos hijos.

BONDAD: Las que entregan el alma son las madres,

las pobres madres que han perdido un hijo, para ellas no
hay consuelo.

LUJURIA: Ellas se sumergen en ese terrible dolor
del que nunca salen, del que no las saca   nada
ni nadie.

PEREZA: Suelen llegar calladas, con la mirada ida y
el rostro duro por el sol y la vida. Se   sientan a
conversar con sus hijos muertos, a llorarlos en medio de
un sufrimiento que solo ellas conocen, son tan valientes
y dan dignas que lo guardan para sí.

GULA: Es verdad. En este lugar vemos de todo.
El de las madres es el acto más sincero porque aquí se
ve mucha hipocresía. Muchos entran con una caja al
hombro y cuando salen no recuerdan ni el nombre del
que iba en el cajón.

BONDAD: *(Bondad que ha regresado al ataúd, abre
la tapa superior y se tapa la nariz como para no oler).*
Huele feo, corrupto.

AVARICIA: ¿Político?

BONDAD: Sí.

ENVIDIA: ¿Cómo lo sabes?

BONDAD: *(Abre la tapa del ataúd y saca un papel
que exhibe al momento de exclamar).*
          ¡WikiLeaks!

          *(Gula ha seguido comiendo y tirando cás-
caras y desperdicios. Se escucha suavemente el ronquido
de Pereza, Envidia, hace señales de guardar silencio y se*

acerca a Gula).

ENVIDIA: (*A Gula)* Lo de WikiLeaks te dejo con cara de poeta.

BONDAD: (Pensativa) Recuerdo uno.

VANIDAD: Nadie sabe más que yo de WikiLeaks.

IRA: Estás como el hombre que sabía más de todo que todos.

VANIDAD: ¿Cómo es que se llama?
IRA: Tú sabes quién es. Todos saben quién es.

TODAS LAS MUERTES: (*Mirando al público*) Todos saben quién es.

LUJURIA: Uno que fue y no es.

GULA: ¿Y el otro muerto?

LUJURIA: Un poeta.

BONDAD: Un poeta extraordinario.

ENVIDIA: ¿Y se llamaba?

BONDAD: José Asunción Silva.

ENVIDIA: ¿Por qué lo recuerdas?

BONDAD: Por Lázaro.

ENVIDIA: ¿Lázaro? *(La Bondad se mueve hacia el centro del escenario. Las muertes la si*

guen con la mirada, algunas se paran y se acer-
can).

BONDAD: "!Ven, Lázaro!" gritole
el Salvador, y del sepulcro negro
el cadáver alzose entre el sudario,
ensayó caminar, a pasos trémulos,
olió, palpó, miró, sintió, dio un grito
y lloró de contento.

Cuatro lunas más tarde, entre las sombras
del crepúsculo oscuro, en el silencio
del lugar y la ira, entre las tumbas
de antiguo cementerio,
Lázaro estaba, sollozando a solas
y envidiando a los muertos".

ENVIDIA: ¿José Asunción Silva?

BONDAD: Jose Asunción Silva, colombiano. Dicen
que enamorado de su hermana. *(Se es*
cucha a Lujuria jugando con su cuerpo).

TODAS LAS MUERTES: La muerte no nos gusta,
pero tiene sus encantos.

VANIDAD: Los políticos son víctimas de las noticias
falsas.

GULA: Y de los alcahuetes.

PEREZA: De los que no roban, pero tampoco denuncian.

GULA: Esos son peores.

LUJURIA: Los hay aquí, allá y acullá.

GULA: Se venden como señores.

LUJURIA: Son unas buenas ratas.

VANIDAD: Luchan por el país.

IRA: Son incomprendidos.

PEREZA: Son amigos de los bandidos.

GULA: Los inmorales denuncian unos cuernos pero no el expolio.

LUJURIA: He dicho que son unas ratas.

PEREZA: Les importa la vida privada pero no la pública.

LUJURIA: He dicho que son unas ratas. Atacan al movimiento LGBT, pero entre ellos están los grandes promotores y gozadores. Viven en el closet y son gozones y putos como el que más. Amigos y alcahuetes de los pedófilos.

GULA: Llegó otro. (Bondad se desplaza hacia el ataúd, abre la tapa).

BONDAD: Este viene apretadito.

IRA: ¿Cómo así?

BONDAD: (Con las manos indica un par de cuernos).

LUJURIA: (Desde un mausoleo). Cabrón de profesión, cabrón de gusto, cabrón de vacilón.

VANIDAD: Hay mucho cabrón.

LUJURIA: Enfermedad y placer que muchos ocultan.

VANIDAD: Que los hay...los hay

LUJURIA: Díganmelo a mí. Por montones. Yo que los
lidio.

TODAS LAS MUERTES: (Imitando un pase propio de
un matador de toros) ¡Ole!

VANIDAD: Cabrones que se forman, cabrones que se
hacen y cabrones que nacen.

IRA: ¡Pendejos!

GULA Y PEREZA: ¡Cabrones!

BONDAD: (Aclarándole a Gula y Pereza) Cabrón,
viene solo uno.

TODAS LAS MUERTES: ¡Cabrones ! (Se van parando
y rodeando a Pereza)

PEREZA   (Que ha levantado los brazos desperezándose canta ritmo de reggaetón - Las muertes hacen mue-
cas, con las manos hacen el símbolo del cabrón y
ademanes como si un hombre estuviera masturbándose)

> El cabrón no sale del cajón
> se la goza pensándolo un montón
> mientras ella mete mano
> él se ayuda con la mano

Para los tres todo es vacilón
con champán, yerba o con ron
los cuernos son un problemón
¡no! Si el que los lleva es un gozón
los tres arman tremendo parrandón
el que queda solo goza pensándolo
un montón
mientras ella mete mano
él se ayuda con la mano
porque el cuerno, si lo entiendes
es tremendo vacilón.

PEREZA: (Sacudiéndose la ropa, orgullosa de su
canto y preguntándose a si misma) ¿Y es
            verdad que la envidia mata?

ENVIDIA: (A Pereza) ¿Decías?

PEREZA: Si corazón. ¿Qué si la envidia mata?

ENVIDIA: Claro que mata. Pregúntamelo a mí.

GULA: Tanta muerte en vano.

BONDAD: (A Avaricia) ¿Y la avaricia mata?

AVARICIA: La codicia te puede mandar a la cárcel,
(otro tono) cuando te pillan, pero no te mata.

BONDAD: Ah, los académicos del robo.

AVARICIA: Astutos del bien y del mal.

PEREZA: Nunca descansan. Siempre tramando.

AVARICIA: Somos peritos en ambición. Doctores en

usúra. Dueños de esas y otras cualidades que guardamos (Pausa) en cajas fuertes.

VANIDAD: Sé bastante de la avaricia. Es uno de mis fuertes. Nadie sabe más que yo de la avaricia.

BONDAD: (A Vanidad) ¿Hay algo de lo que no sabes?

VANIDAD: Sé de todo, soy la que más sabe de todo.

GULA: ¿Cómo el hombre aquel?

TODAS LAS MUERTES: ¿Cuál?

GULA: (A las muertes) Ustedes saben quién.

VANIDAD: No importa lo que digan. Soy la que más sabe de todo.

BONDAD: Cuidado. Podrías caer y envenenarte con tanta petulancia.

VANIDAD: ¿Petulancia? No. Estás equivocada. Soy lo que soy: la mejor. Soy la #1

PEREZA: ¡Wow!

IRA: (A Vanidad) No se sabe quien es peor, si tú o yo.

VANIDAD: Nadie puede negar ni mi hermosura ni mi sabiduría. Que algunos la envidien es normal.

IRA: Yo no perdono. Los comentarios, los simples comentarios me afectan, los aborrezco, los detesto. Me ponen en un hervor explosivo.

VANIDAD: ¿Qué culpa tengo yo de ser tan bella y tan sabia? Para festejarme inventé el selfie. Nadie más bella que yo.

IRA: Jugar con mi paciencia es un motivo suficiente. Odio a los que quieren estar por encima de mí y detesto a los que están por debajo.

VANIDAD: Estás en segundo lugar.

TODAS LAS MUERTES: (Aplauden rápido {1, 2, 3, 4}) (Pausa {1, 2}) después despacio {1, 2. 3, 4}) (Pausa {1, 2}) y luego más despacio hasta dejar morir el aplauso {1, 2, 3, 4, 5, 6}).

BONDAD: Tanto amor propio no puede ser.

IRA: Y hay más, mucho más. Hay odio. Ahí donde nos ves: Ira y Vanidad somos igual de detestables.

BONDAD: ¡Qué locura!

IRA: El odio por el odio. Y como nosotras, hay más de las que piensas.

BONDAD: No puede ser.

IRA: Si puede ser.

VANIDAD: Comentario sabio.

IRA: Amo el odio y la rabia. Vivo en estado de cólera.

PEREZA: Yo amo el descanso.
IRA: (En estado de catarsis. Caminando por la

boca del escenario mientras las muertes y la bondad lo siguen con la mirada) Me hierven la sangre y el cuerpo, los huesos se brincan de su sitio, los dientes pierden posición y la mordida no encaja. Los ojos se salen de sus órbitas y entro en trance. Mi éxtasis lo logro cuando llego al furor de la irritación. Pierdo entonces la razón y soy capaz de cualquier cosa y cuando digo cualquier cosa es cualquier cosa (Pausa larga {1, 2, 3, 4}) Mucho cuidado si un político se irrita. (Otro tono) ¡Fake news! ¡Pum! Dominación.

GULA: Yo, en cambio, con poco: comida y nada más. Me encanta cuando hacen los altares. Mucha comida, buena fruta fresca y sobre todo mucha calabaza. Si me alcanza, me como hasta las flores. El regüeldo de flores es maravilloso.

LUJURIA: Hay otras cosas más maravillosas.

ENVIDIA: No empieces.

BONDAD: (Dando un par de golpes en el ataúd) Tenemos huésped de honor.

VANIDAD: (Mirándose las uñas) ¿Quién será?

BONDAD: (Después de abrir y cerrar el ataúd) Mucha medallería.

VANIDAD: ¿Alguna de esas que se hace llamar reina?

BONDAD: Fría

LUJURIA: ¿Medallería, bisutería y tacones?

BONDAD: No propiamente tacones.

IRA: (Como si hubiera adivinado) Lo sé. Elevadores.

BONDAD: Elevadores.

IRA: Un militar con ínfulas grandiosas.

BONDAD: Caliente.

IRA: Dictador.

BONDAD: Trae cientos de crímenes y miles de desaparecidos.

LUJURIA: No todos los militares son así.

BONDAD: Claro que no, pero este, este era de los perversos.

GULA: Y PEREZA: De los perversos.

BONDAD: Me sorprendió que no lo enterraran con honores.

LUJURIA: La presidente no lo permitió.

IRA: Un poco de eso que llaman justicia.

GULA: Y PEREZA: ¿Justicia?

LUJURIA: Si, justicia.

GULA: Y PEREZA: Se puede decir mucho de la justicia.

LUJURIA: ¿Cómo por ejemplo?

GULA: Que hay de varias clases, colores y niveles.

PEREZA: Que es el látigo de los poderosos.

LUJURIA: ¿De los pode qué? (Tono de profesora) No jovencitas, el látigo de los poderosos somos nosotras, la de tacones altos y partes pronunciadas. Ellos dan lo que sea. Mueren por ello. Ahí caen, allí se arrodillan. Se babean. Muy serios y muy hombres frente a ustedes y a puerta cerrada piden golpes y consoladores porque les encantan que se les coman el culo muy en privado.

VANIDAD: Se rinden ante mí.

LUJURIA: Ante nosotras, verás, muchos de esos caballeros llenos de poder, dinero y agresividad son unos muñequitos de a peso cuando están frente a una mujer que los complace en su sexualidad corrompida y oscura.

VANIDAD: Dijiste bien: muñequitos de a peso.

IRA: El que no tiene dinga tiene mandinga.

GULA: Mucha postura y muchos son una mierda.

PEREZA: Total ligereza. Tanta hipocresía. Si lo de George Floyd, si no lo filman y lo tiran a las redes sociales no hubiera pasado nada.

BONDAD: Es probable. El hombre murió buscando aire frente a miles que pudieron ver el crimen en vivo y en directo. "No puedo respirar", decía.

PEREZA: Estaba esposado, estaba vencido. Lo lincharon.
BONDAD: Eso de transmitir la ejecución de un ser humano en vivo es surrealista.

GULA: (Relatando con euforia) Fue un hecho lamentable. A nosotras que poco o nada nos sorprende la muerte, ese linchamiento nos llenó de furia. El hombre clamaba por su vida. "No puedo respirar" repetía y los policías, tres, apretaban y otro como guardián tirano no dejaba que alguien socorriera a Floyd que moría ante los ojos del mundo. Los estadounidenses salieron por miles reclamando justicia y repitiendo: "No puedo respirar".

TODAS LAS MUERTES: No puedo respirar.

BONDAD: En muchas partes del mundo también.

TODAS LAS MUERTES: No puedo respirar.

GULA: El abuso es el ante paso a la muerte.

TODAS LAS MUERTES: No puedo respirar.

BONDAD: El racismo lo alimenta.

TODAS LAS MUERTES: No puedo respirar.

PEREZA: Hay mucho por recorrer, pero los cuatro fueron llevados a la justicia y eso es importante.

TODAS LAS MUERTES: No puedo respirar.

GULA: Que se pudran en la cárcel.

TODAS LASMUERTES: No puedo respirar.

BONDAD: 8 minutos y 46 segundos que el oficial Chauvin tuvo su rodilla en el cuello de Floyd. Algo indecible, insoportable.

TODAS LAS MUERTES: No puedo respirar.

ENVIDIA: Tanto que hablan algunos de Ley y Orden
y fue lo que menos hubo allí.

PEREZA: Racismo en su máxima expresión.

LUJURIA: No al racismo, no a la discriminación.

BONDAD: Policías mal entrenados. La base de su
preparación es la dominación y debería ser la integra-
ción social.

LUJURIA: Los policías deberían rotarse constante-
mente para evitar las mangualas y los anillos.

BONDAD: Deberían hacer otros oficios además del
patrullaje.

LUJURIA: ¿Cuáles?

BONDAD: Deberían gastar tiempo en las oficinas,
educando las comunidades, en las escuelas, trabajando
con los bomberos, en las ambulancias, en los parques, en
proyectos juveniles. Participando en el desarrollo social
y dejando la dominación a un lado.

GULA: Ustedes son muy sanas. Después de las
manifestaciones todo se olvida. Pocos días después en
Buffalo un manifestante de 75 años que estaba protestando solo y en paz fue aplanado por la policía que entró
a dominar.

BONDAD: ¿Verdad?

GULA: Lo empujaron, cayó de espalda al piso, se

golpeó la cabeza, de ahí al hospital. Dijeron que se había enredado, pero en el video se ve claramente que lo empujan. Los guardias entraron dominando.

LUJURIA: Los reportes de la policía deben ser verificados.

GULA: ¿Te imaginas si aparecieran más videos de más abusos?

BONDAD: Afortunadamente, la gente está protestando.

PEREZA: Deberían protestar más.

LUJURIA: Pacíficamente que es lo importante.

BONDAD: Así es.

GULA: En lo de Buffalo arrestaron a dos de los policías, cientos de ellos protestaron.

PEREZA: Entraron dominando.

GULA: En Colombia, se denunció que la policía mató a palo a Anderson Arboleda un joven negro.

PEREZA: Aplicaron la frase de cajón: "Se investigará hasta las últimas consecuencias"

TODAS LAS MUERTES: Caiga quien caiga (Pausa) ¡Wup! (Otro tono) Nadie cayó.

LUJURIA: En Jalisco, México, policías asesinaron a Giovanni López Medina, la protesta no dejó morir el caso.

BONDAD: Hay que protestar contra el abuso y el racismo.

TODAS LAS MUERTES: Sin violencia para no generar más de lo mismo.

BONDAD: Hay que protestar contra la brutalidad policial.

TODAS LAS MUERTES: Sin violencia.

BONDAD: Hay que protestar contra el racismo.

TODAS LAS MUERTES: Sin violencia.

BONDAD: El mundo protesta.

GULA: En las principales ciudades se protesta.

PEREZA: (*Muestra un aviso que lee:*) Black Lives Matter.

BONDAD, GULA Y LUJURIA: (*Aplauden y levantan sus voces de aliento*) ¡Yeah!

VANIDAD: En ambos lados hay gente buena.

IRA: En ambos lados.

ENVIDIA: En ambos lados.

BONDAD: No al racismo.

GULA: No al abuso policial.

LUJURIA: Sin justicia no hay paz.

BONDAD: Sin justicia no hay paz.

LUJURIA: Igualdad, igualdad.

BONDAD: Más amor, menos odio.

(*Gula se ha sentado sobre una tumba, desde allá se dirige a Bondad*)

GULA: Chica, ven acá.

(*Bondad camina hacia ella*)

BONDAD: Dime

GULA: (*Aconsejando*) A Ira y Vanidad no les pongas mucha atención, siempre tienen un pugilato. (Otro tono) Ves este lugar, aquí estamos porque aquí pertenecemos, pero aquí realmente no hay nada que buscar.

BONDAD: Es un lugar santo.

GULA: (*Que ha escuchado*) ¿Santo? Esto está lleno de bandidos, de corruptos y de hijos de puta.

BONDAD: También, hay gente buena.

GULA: Los malos son los de la bulla.

BONDAD: Pero hay gente buena.

PEREZA: Aquí hay de todo. Aquí se juntan cóncavo y convexo.

LUJURIA: Aquí, en este sitio sagrado, (*Se cubre la boca como corrigiendo un error*), perdón, decía yo (*Otro tono, como recordando)* ha sí, esto aquí está lleno de todo. Es como un muladar.

IRA: Y dale con tu odio al mundo.

VANIDAD: La tiesa e inmóvil población aquí la componen gente de todas partes. Hay ricos y pobres, creyentes y ateos. Hay estúpidos e idiotas que son los más y no se olviden, los hay de todas las razas, de todos los credos. Hay muertos que parecen muertos, muertos que quedaron lindos, muertos que quedaron feos, muertos que parecen vivos (Pausa) todos muertos y terminados.

LUJURIA: *(Interrumpiendo)* Y de todas las preferencias sexuales.

PEREZA: Olvidaron los que descansan.

GULA: *(A Vanidad)* Que despreciativa eres.

VANIDAD: Pues sí. Este es un menjurje que solo es posible aquí.

BONDAD: Creo que llegaron los blanqueadores de tumbas.

ENVIDIA: Porque los blanqueadores de dólares están afuera.

AVARICIA: Aquí hay algunos.

VANIDAD: Los pobrecitos vienen, barren y pintan una vez cada año como si eso fuera suficiente.

GULA: Es más que suficiente, dentro de esas cajas no queda nada, gusanos, lombrices, huesos y polvo.

AVARICIA: Y algún oro que se haya podido quedar
enredado en una muela.

PEREZA: Gula tiene razón aquí todos llegan como
llegaron al mundo.

GULA: Con nada nacieron, con nada vinieron.

TODAS LAS MUERTES: La plata sigue perdida *(Pausa
{1, 2})* perdida. Se queda por ahí, en algún lado.

VANIDAD: Este que está aquí *(señala una tumba)*
debió haber sido importante.

IRA: ¿Por qué crees?

VANIDAD: La tumba es como ceremoniosa.

IRA: Era un cura pedófilo. *(Aquí todas pueden
tomar las campanitas y estar listas para tocarlas más adelante - Tomarlas sin hacerlas sonar)*

BONDAD: *(Arrimándose a la tumba)* A ver...si, pedófilo y de los peores.

VANIDAD: Entre ellos también hay gente buena.

LUJURIA: ¿Podrá haberla? Todo es un enredo.
Mucha moral de la boca pa'fuera.

PEREZA: Son unos abusadores. Mano dura, mano
dura contra ellos.

TODAS LAS MUERTES: Mano dura. *(Tocan unas
campanitas {1, 2, 3, 4, 5, 6}, se mueven, se revuelven)*
(Pausa {1,2}) Mano dura *(Tocan las campanitas {1, 2, 3,*

4, 5, 6}) (Pausa *{1,2}*) Mano dura (Tocan las campanitas *{1, 2, 3, 4, 5, 6}*).

LUJURIA: La iglesia los ha protegido durante siglos.

BONDAD: También la iglesia ha sido dominante.

GULA: Dominante es el denominador común.

LUJURIA: Algunos vienen de noche.

BONDAD: ¿Cómo?

LUJURIA: Así como lo oyes. Algunos de esos curas pedófilos vienen por las noches, cuando esto está solo y en calma a participar en unos aquelarres rarísimos. Los sepultureros pueden dar fe. Algunos de esos curas traen jovencitos a los que les echan el cuento, muchos usan zapatos rojos.

BONDAD: No lo puedo creer

LUJURIA: Es mejor que lo creas.

GULA: Los he visto. Como vi el entierro nocturno de uno que se murió por un loquicidio. Enfermos compañeros del hospital donde lo trataban lo acompañaron. Esa noche hubo mucho baile desordenado y mucha marihuana.

BONDAD: ¿Y nadie los controló?

PEREZA: Es el entierro más libre y dinámico celebrado en este camposanto.

GULA: ¿Campo qué?

PEREZA: Cementerio.

GULA: Ahora sí.

VANIDAD: Siempre hay noticias falsas.

GULA: Aquí pocas por aquello del muerto al
hoyo.

BONDAD: ¿Lo cuentan todo?

PEREZA: Poco les importa en vida, menos después
de muertos.

BONDAD: ¿Quiénes son los que cuentan?

GULA: Los dolientes, los ofendidos, los engaña-
dos, los que vengan a sus seres amados, los que calum-
niaron. Todos, todos cuentan. Los que todavía no se han
suicidado.

ENVIDIA: Nunca se deja pasar una oportunidad para
enlodar.

PEREZA: Contaron de la princesa que murió haciendo el amor con su perro.

BONDAD: ¡No lo puedo creer!

ENVIDIA: Créalo.

GULA: Créalo.

BONDAD: ¿No les molesta tanta bajeza?

TODAS LAS MUERTES: No, ver y escuchar es nuestro

trabajo *(Otro tono)* y la muerte por supuesto.

BONDAD: ¿Cómo lo hacen?

TODAS LAS MUERTES: Nos gusta nuestro trabajo.

VANIDAD: Aquí de tristeza solo se ha enterrado uno que lo mató el desamor.

TODAS LAS MUERTES: Y lo entendimos también.

BONDAD: ¡Wow!

TODAS LAS MUERTES: Murió de una sobredosis de tristeza.

BONDAD: ¡Wow!

TODAS LAS MUERTES: Lo verdaderamente triste no lo has mencionado.

BONDAD: No sé ni en qué pensar.

TODAS LAS MUERTES: ¿Dónde dejas los desaparecidos?

BONDAD: No quiero ni pensarlo.

IRA: Este es un paseo inevitable.

AVARICIA: Lo malo de llegar aquí es dejar la riqueza afuera.

ENVIDIA: Podrías intentar traerla.

AVARICIA: ¿Para qué ustedes se queden con ella?

ENVIDIA: ¿Quién más?

AVARICIA: No valdría le pena.

ENVIDIA: Nunca valió la pena.

GULA: Mi meta a corto plazo: comer, comer y
comer.

PEREZA: La mía: dormir, descansar y dormir.

GULA: A largo plazo: comer, comer y comer.

PEREZA: Dormir más y descansar más.

LUJURIA: Si los vivos pensaran en la muerte goza-
rían más.

IRA: Es imposible pensar en ella.

PEREZA: Están llegando algunos por el lado del
que murió por un insomnio mal tratado.

LUJURIA: Deberían entender, que todo, como el
placer, es temporero.

AVARICIA: La riqueza no.

GULA: Seguro que lo es.

VANIDAD: Lo único cierto y duradero soy yo.

ENVIDIA: ¡ja, ja!

VANIDAD: Nadie lo hace mejor que yo, nadie sabe
más que yo.

IRA: Nos tienes hartas con tú fórmula.

GULA: Las memorias hablarán.

PEREZA: Claro que hablarán.

VANIDAD: Soy fantástica.

ENVIDIA: Yo también.

VANIDAD: Podría decir que has hecho un gran trabajo.

IRA: Diría lo mismo de mí.
VANIDAD: No estoy tan segura.

IRA: Yo si estoy.

VANIDAD: Estás equivocada.

GULA: *(A Lujuria)* Parece que se te quitó la pendejá.

LUJURIA: Me la quité yo misma, *(Coqueta)* como siempre.

GULA: ¿Estás más tranquila?

LUJURIA: Siempre estoy tranquila pero como dice una amiga: "cuando hay joda estoy pa' la joda"

GULA: Pa' la joda están los políticos corruptos.

LUJURIA: Siempre.

AVARICIA: Nada malo con buscar fortuna.

BONDAD: Siempre y cuando sea honesta.

IRA: El político debe tener un trato especial.

PEREZA: Dedicarse a trabajar por su país.

AVARICIA: Y guardar pesos.

ENVIDIA: Los pueblos les están en deuda.

GULA: Es lo que creen.

VANIDAD: El político es quien lleva progreso y trabajo.

PEREZA: Siempre y cuando no robe.

AVARICIA: Robar es humano.

BONDAD: Y penalizar también.

GULA: Algunos son unos piratas.

PEREZA: Cuando aquí llega uno de esos corruptos ni miro, ni veo, ni me importa.

IRA: Los pueblos les deben todo. Son unos patriotas.

LUJURIA: La mayoría son unos buenos criminales.

BONDAD: La ley debería ser implacable.

LUJURIA: Muchos políticos deberían ser tan serios como los bandidos.

GULA: Mucha corbata y poca honestidad.

ENVIDIA: Son cínicos. Y para que lo diga yo... se necesita.

PEREZA: "Qué bueno" dijo un trueno que cayó en una reunión de políticos bandidos.

AVARICIA: La plutocracia, sin importar el origen del dinero, es una forma correcta de vida. Es el grupo selecto, el grupo ideal. Son la verdadera gente de bien

VANIDAD: Para ejercer progreso, control y dominio.

PEREZA: No lo creo.

GULA: No me lo digan.

LUJURIA: A mí todo lo que me impresiona es el dinero que pueda sacarles por mis favores. Algunos dan tanto asco que ni pagando.

PEREZA: Allí adelante hay uno que da vergüenza.

BONDAD: ¿Cómo lo sabes?

PEREZA: Ya te dijimos que lo cuentan todo.

PEREZA, GULA Y LUJURIA: *(Tocando con las manos el sonido de la clave musical)* Pla, pla, pla, papeles de Panamá. Pla, pla, pla, papeles de Panamá.

LUJURIA: Ese se robaba hasta el papel higiénico.

PEREZA: La muerte no nos gusta, pero tiene sus encantos.

GULA: Aquí se ven cosas que solo los ojos acreditan.

LUJURIA: Hemos visto entierros de bandidos que son multitudinarios y entierros de hombres justos donde a duras penas viene la viuda.

IRA: En este lugar la vida vivida no cuenta y la pomposidad no tiene sentido, nunca lo tuvo.

ENVIDIA: Siempre habrá ganadores.

PEREZA: Es lo que crees.

TODAS LAS MUERTES: *(Hay una pausa {1, 2}) (En coro mientras siguen a un personaje imaginario que pasa entre las lápidas y mausoleos-Algunas lo señalan).* Allí va Décima. Con mucha lana y rueca nueva. Trabando hilos de vida para destinar muerte *(Pausa {1, 2}-Reiterativas como si ya lo hubieran dicho).* El huso también es nuevo. *(Pausa {1,2})* Trabando hilos de vida para destinar muerte.

IRA: Casi nadie la recuerda.

LUJURIA: No se equivoca marcando destinos.

ENVIDIA: La gente piensa que merece *(Pausa)* si Décima no lo ofrece no hay nada.

TODAS LAS MUERTES: No hay nada.

VANIDAD: Soy la dueña de mi destino.

TODAS LAS MUERTES: Es lo que supones.

VANIDAD: (A Envidia) Envidia ¿También tú crees
eso?

ENVIDIA: Por supuesto pero modelo mi parte.

VANIDAD: (A Pereza) Pereza ¿Tú lo piensas?

PEREZA: Mi destino es claro y estoy feliz con él.
Dormir y descansar, no quiero más.

VANIDAD: (A Gula) Tú Gula ¿Qué dices?

GULA: Lo mío es comer, comer y nada más.

VANIDAD: (A Ira) Ira, querida amiga. ¿Qué me
dices?

IRA: Nada puedo cambiar, soy soberbia.

VANIDAD: (A Avaricia) ¿Podrías dejar de acumular?

AVARICIA: Lo quiero todo y no voy a cambiar.

VANIDAD: ¿Estoy sola entonces?

LUJURIA: ¿No lo sabías? Aquí cada una de nosotras
tiene un oficio.

VANIDAD: ¿Oficio?

LUJURIA: Que le llaman pecado pero es un oficio.

BONDAD: Son cosas del mal.

LUJURIA: No, es cosa del libre albedrío.

BONDAD: Los animales no lo tienen.

LUJURIA: Son mejores que muchos humanos.

BONDAD: No debería ni decirse.

LUJURIA: Es la verdad.

BONDAD: Todo parece tan confuso.

GULA: Confuso un derrame de petróleo en
Rusia.

PEREZA: ¿Dónde?

GULA: Cerca a Norilsk, en el Ártico.

ENVIDIA: No lo creo.

GULA: Los ríos Ambarnaya y Daldykan están o
estuvieron rojos de la contaminación.

PEREZA: ¿Y los responsables?

GULA: Yo bien, gracias.

AVARICIA: Estaban produciendo.

PEREZA: Produciendo irresponsablemente.

AVARICIA: Ya limpiarán.

GULA: Se necesitarán más de 10 años.

BONDAD: Increíble.

GULA: En lugar de producir comida producen
problemas.

PEREZA: Solo les importa hacer billete.

AVARICIA: Eso se llama progreso.

ENVIDIA: Aunque a algunos no les guste.

IRA: El progreso ajeno produce rabia.

AVARICIA: Es en busca de riqueza para todos.

GULA: Para unos cuantos diría yo.

AVARICIA: Para los que merecen fortuna, así de fácil.

ENVIDIA: El resto que espere en fila.

IRA: Ya les llegará su turno.

PEREZA: Mi turno ya llegó.

LUJURIA: Malos en el sexo, malitos de verdad,
nunca tienen tiempo.

GULA: Están acabando con todo.

BONDAD: Con el planeta y con los animales.

LUJURIA: Y algunos dicen que no.

BONDAD: El despropósito parece tener la razón.

LUJURIA: Como la calumnia y la noticia falsa.

PEREZA: ¿Ustedes se imaginan esto antes de las redes sociales?

GULA: Generaciones enteras engañadas.

VANIDAD: Creyendo y defendiendo conceptos mentirosos.

LUJURIA: Nosotras somos parte de ese ejemplo.

BONDAD: La mitad de lo aprendido es mentira.

GULA: Más, diría yo.

PEREZA: Simple: el poderoso miente y mete temor.

GULA: La gente por miedo no cuestiona.

BONDAD: Ahora con las redes por lo menos hay cuestionamiento.

LUJURIA: La gente es irreverente, eso es importante.

VANIDAD: Hay mucha noticia falsa.

BONDAD: Entre las falsas hay verdaderas, antes todas eran manipuladas.

PEREZA: Algunos advirtieron de las falsedades, pero los borraron del mapa.

GULA: Los borraron.

VANIDAD: Impedían el normal desarrollo de los negocios.

ENVIDIA: Se quejaban por la envidia.

IRA: Poca fuerza usaron los gobiernos.

GULA: ¡Wow!

IRA: Dominación contra la insurrección.

PEREZA: ¿Y la libertad?

VANIDAD: La libertad debe ser propia de los gobernantes para mantener gobiernos sanos.

PEREZA: ¿Sanos para quién?

IRA: Para los gobernantes por supuesto.

VANIDAD: Ellos velan por el bienestar del pueblo.

BONDAD: (*Se acerca al ataúd*) Hablando de mentiras.

IRA: ¿Pinocho?

GULA: ¿Escuchan el ruido de las ollas?

PEREZA: Ruido no, por favor.

GULA: Vienen al entierro de esta pobre que murió de anorexia.

BONDAD: Muchas personas mueren por eso.

GULA: Se quería ver bien y estaba en los huesos. No comparto la idea.

BONDAD: Pobrecita.

ENVIDIA: La competencia es fuerte.

IRA: Quería ser más bella que el resto.

PEREZA: No funcionó.

LUJURIA: Nunca funciona. Las que somos bellas, somos bellas.

VANIDAD: Los conceptos y las ideas son de cada cual.

PEREZA: No los engañosos.

BONDAD: Algunas muertes deberían ser anuladas.

TODAS LAS MUERTES: ¡Eso no!

IRA: Si se dejan engañar es su problema.

GULA: Les piden que se vean lindas sin advertir que la belleza es efímera.

VANIDAD: *(A Gula)* La tuya lo fue, duró poco.

GULA: Me siento bien.

ENVIDIA: Nadie te envidia y eso es triste.

GULA: Triste para ti.

PEREZA: Es parte de las enseñanzas mentirosas.

VANIDAD: Me amo, sé que me amo.

(*Lujuria ha desaparecido. Se escucha lejano el sonido de un vibrador*)

IRA: ¿Otra vez?

LUJURIA: (*Afirmativa*) Otra vez.

GULA: Ella y su cuerpo.

PEREZA: Ella y su cuerpo.

ENVIDIA: Debería ser más populista.

AVARICIA: De los pobres no podría vivir.

GULA: A todos les gusta el sexo.

AVARICIA: No el caro.

PEREZA: Sexo es sexo.

AVARICIA: No, no. El caro es más lascivo.

BONDAD: Menos sincero.

AVARICIA: Más gustoso.

BONDAD: Los pobres gozan el amor.

AVARICIA: No han descubierto el interesado.

BONDAD: ¡Por favor!

AVARICIA: El negociado es más complaciente.

BONDAD: Es fingido.

IRA: La vida en buena parte es fingida.

ENVIDIA: Pocos viven una vida real.

VANIDAD: A la mayoría le gusta mostrarse.

IRA: Quieren ser importantes.

VANIDAD: Pretenden lo que no son.

ENVIDIA: Leen el horóscopo.

PEREZA: Le fascina a la mayoría.

GULA: Les dice lo que no son y les gusta.

ENVIDIA: Un poco de motivación no viene mal.

PEREZA: Pero es que creen el cuento.

VANIDAD: Así son, por eso unos pocos dominamos.

BONDAD: Debería ser diferente.

PEREZA: El horóscopo le calma los nervios a muchos.

ENVIDIA: Y el Facebook también. Se ven o tratan de ver en un espejo que se ve cerca, pero es lejano e inalcanzable..

GULA: Justifica otros tantos.

BONDAD: Nada de eso es verdad.

VANIDAD: Lo creen y es suficiente.

IRA: Suficiente para que sigan dormidos.

ENVIDIA: Poneles otra película.

PEREZA: No la verán porque podrían perder.

IRA: A nadie le gusta perder.

GULA: Hay que ser realista.

VANIDAD: ¿Para qué?

PEREZA: Para enfrentar la vida de otra forma.

VANIDAD: Eso no les resolvería nada.

IRA: Es mejor que se crean el cuento.

ENVIDIA: Así estarán calmaditos.

LUJURIA: *(Lanza un grito de satisfacción)*

BONDAD: *(Se acerca al cajón)* Aquí tenemos un problema.

AVARICIA: ¿Un NN?

BONDAD: *(Saca un tapabocas del féretro y lo muestra)*

TODAS LAS MUERTES: ¡Coronavirus!

VANIDAD: Esos no se entierran, se creman.

ENVIDIA: Cuidado. De Wuhan, es muy contagioso.

IRA: ¿Y hay otro?

ENVIDIA: Por ahora solo el de Wuhan, con sus variantes, más que suficiente.

AVARICIA: Una peste.

ENVIDIA: Una nueva, faltan muchas.

GULA: Poco se sabe del coronavirus.

PEREZA: Es mortal para cierta gente.

BONDAD: Conjeturas y comentarios pero poco en concreto.

AVARICIA: Nos tomó por sorpresa.

BONDAD: Hubo advertencias de gente responsable, pero nadie escuchó.

PEREZA: ¿Cómo apareció?

BONDAD: En un mercado húmedo de Wuhan, China.

GULA: ¿Húmedo?

BONDAD: Les dicen así porque el piso siempre está mojado.

GULA: ¿Mojado?

BONDAD: Matan y limpian animales muertos, residuos caen al piso y por eso los mantienen mojados.

VANIDAD: Fue creado en un laboratorio.

BONDAD: Son conjeturas.

IRA: Esos chinos.

BONDAD: Hay muchos virus, muchos coronavirus, no hay necesidad de crearlos.

ENVIDIA: Este está fuerte.

GULA :   Es una peste.

PEREZA: Se propaga fácilmente.

BONDAD: Las noticias son desalentadoras.

GULA: Es para no dejar de aterrarse.

IRA: Gentes imploran en los hospitales.

BONDAD: No hay cura.

AVARICIA: Hay que encontrar una.

LUJURIA: Debieron haberlo pensado con más tiempo.

IRA: Los sistemas de salud no dan abasto.

PEREZA: La gente se muere como si nada.

GULA: No estábamos preparados.

VANIDAD: Siempre lo hemos estado.

GULA: Equivocada estás, no sabíamos ni lavarnos las manos.

BONDAD: Dicen que a los viejos los dejan morir.

VANIDAD: Entre salvar un viejo y salvar un joven no hay mucho que pensar.

IRA: Los viejos deben dejar el espacio a los jóvenes.

AVARICIA: Los viejos no trabajan, los viejos cuestan.

BONDAD: Lo que dices es un pecado.

IRA: Los viejos se mueren solos.

AVARICIA: La economía es más importante que todo.

ENVIDIA: Los viejos ya cumplieron.

PEREZA: Ustedes son una vergüenza.

VANIDAD: El destino de los viejos retirados es la muerte. ¿Qué otra cosa les preocupa?

AVARICIA: Cuestan demasiado.

IRA: Los hijos podrían hacerse cargo de los padres.

GULA: La mayoría no tiene con qué.
IRA: Los viejos son solo recuerdos, medicinas y carga social.

PEREZA: Los viejos construyeron todo esto.

IRA: Construyeron, en pasado, lo has dicho.

GULA: La gente tiene miedo.

VANIDAD: Porque quieren. Esto es una gripa, una
gripita.

ENVIDIA: Deberían dejar morir todos los viejos,
costaría menos y revitalizaría la economía.

IRA: Así lo dijo Dan Patrick, vicegobernador
de Texas.

GULA: ¿Qué edad tiene?

PEREZA: Más de 70.

GULA: ¿Se suicidó?

BONDAD: No.

GULA: Debería haber dado el ejemplo.

BONDAD: Muchos son puro bla bla.

PEREZA: Te acuerdas de "Buche y Plumas no más".

BONDAD: Rafael Hernández.

PEREZA: Así son la mayoría.

LUJURIA: Has como yo digo, no como yo hago.

GULA: ¡Qué cojones!

AVARICIA: No entienden la economía.

BONDAD: La de los ricos no.

ENVIDIA: No entienden nada.

GULA: La gente tiene miedo.

VANIDAD: Todo va a estar bajo control.

IRA: Hay que sacar la gente de la cuarentena.

BONDAD: Aislar para evitar los contagios.

AVARICIA: Mientras tanto se muere la economía.

BONDAD: Ninguna economía vale más que la gente.

ENVIDIA: Si no trabajan se morirán de hambre.

VANIDAD: Que traten la cloroquina o se inyecten
jabón.

LUJURIA: Que los gobiernos se metan la mano al
bolsillo.

AVARICIA: Un rescate costaría mucho.

BONDAD: Los gobiernos han rescatado a la empresa
privada muchas veces.

AVARICIA: Las empresas son las que dan trabajo.

GULA: La gente no quiere salir.

PEREZA: Están con miedo.

GULA: Temen por los ancianos.

ENVIDIA: Ya se habló de los ancianos.

GULA: Temen por ellos.

AVARICIA: El Estado es lo más importante.

BONDAD: Los Estados mostraron que están en quiebra.

ENVIDIA: No digas babosadas.

BONDAD: La pandemia sacó la verdad a relucir.

AVARICIA: ¿Cuál verdad?

BONDAD: Todas esas riquezas no eran sólidas. El mundo entró en pánico, se diezmaron las economías. Parece que todo era puro bluf.

IRA: Al no haber producción.

PEREZA: ¿En dónde está la riqueza?

GULA: Con un solo remesón todo parece acabarse.

BONDAD: Esto ha mostrado el cobre.

GULA: Mucho bla bla y poca verdad.

PEREZA: Anuncio de pandemia y el mundo colapsa.

VANIDAD: Es culpa de los chinos.

IRA: Tenemos que estar fuertes.

BONDAD: Los desempleados se cuentan por millo-
nes.

GULA: Los muertos también.

PEREZA: Aparecieron las vacunas.

IRA: Así es.

ENVIDIA: Regresarán a la nueva normalidad.

GULA: Es como una nueva dieta. No trabaja.

VANIDAD: El coronavirus desaparecerá como vino.

ENVIDIA: No está muy claro.

IRA: La gente debe trabajar.

BONDAD: La desigualdad se acentúa. La pobreza
aumenta.

IRA: Precisamente, que trabajen.

GULA: Tienen miedo de contagiarse.

VANIDAD: Morirán por el virus o de hambre si no
trabajan.

BONDAD: Que los Estados se metan la mano al bolsillo,

ENVIDIA: Es un costo muy alto y solo los países
ricos pueden afrentar la pandemia.

PEREZA: Que le quiten un poco al presupuesto de guerra.

VANIDAD: Nos debilitaríamos.

GULA: Estamos muy preparados para la guerra. Corremos con una pandemia.

BONDAD: ¿Se imaginan si hubiera sido una bomba atómica?

PEREZA: Ni pensarlo. El coronavirus colapsó los sistemas de salud.

GULA: Nadie está preparado.

PEREZA: Nadie.

BONDAD: Preparados para atacar: sí. ¿Y si nos atacan?

VANIDAD: Estamos listos.

GULA: No lo creas. No sabíamos ni lavarnos las manos.

LUJURIA: El solo anuncio del virus puso el mundo al revés.

IRA: Necesitamos producir.

BONDAD: Hay erradicar el Covid.

VANIDAD: Se trabaja a velocidad.

GULA: Pero a cada vacuna una nueva variante.

IRA: Mientras tanto hay que trabajar.

LUJURIA: La gente tiene miedo al contagio.

ENVIDIA: Le tienen más miedo al hambre.

BONDAD: Hay que buscar una salida duradera.

VANIDAD: Ir a la nueva normalidad.

LUJURIA: ¿Alguna vez fuimos normales?

BONDAD: Bueno, buscar la vuelta.

GULA: Buscar una salida.

PEREZA: De lo contrario todo colapsará, habrá hambre, delincuencia, horror.

BONDAD: Ni hablar de los problemas mentales.

PEREZA: Los suicidios comenzaron y los divorcios dizque no paran.

VANIDAD: Siempre hubo locos, siempre hubo suicidas, siempre hubo divorcios.

PEREZA: Los divorcios aumentan exponencialmente.

GULA: Esta cuarentena saca de tiempo y lugar a la gente.

BONDAD: Algunos la saben manejar.

GULA: ¿Quiénes?

BONDAD: Los artistas siempre están creando aislados.

VANIDAD: Esos son los artistas.

AVARICIA: No pueden vender.

GULA: Pueden producir.

AVARICIA: Lo más importante es vender.

GULA: Para la mayoría de ellos: producir.

IRA: Los artistas de los escenarios están fritos.

AVARICIA: Lo han cancelado todo.

VANIDAD: Han cerrado los estadios.

IRA: Ya abrirán, los políticos trabajan en eso.

LUJURIA: Las muñecas de las Webcam hacen fortuna.

VANIDAD: Son dichosas.

AVARICIA: Excelentes comerciantes.

IRA: Pronto habrá apertura permanente, los políticos trabajan en eso.

GULA: Los políticos no son científicos.

BONDAD: Esto es cuestión de un esfuerzo conjunto.

VANIDAD: Suenas a político.

ENVIDIA: Los comerciantes pequeños están que
tiran la toalla.

BONDAD: Muchos lo han dejado todo tirado.

AVARICIA: Incluyendo las deudas.

IRA: Son unos irresponsables.

BONDAD: Algunos no aguantan más.

ENVIDIA: Defiendes lo indefendible.

IRA: ¿Por qué no te matas con ellos?

BONDAD: La desigualdad no se cura con muertes, se
necesitan soluciones.

GULA: Oportunidades de trabajo.

VANIDAD: Por eso abrir, abrir y abrir definitiva-
mente, no eso de abrir un día y cerrar el siguiente.

PEREZA: Si algo enseñó esta pandemia es que el
capital por grande que sea, si se queda solo, no sirve
para nada.

VANIDAD: Se deben abrir las empresas y los negocios, el costo ya se pagará. EN el camino se arreglan las

cargas.

GULA: Muchos tienen miedo.

ENVIDIA: Entonces que se mueran de hambre.

IRA: Que se mueran de hambre.

BONDAD: No sería justo.

AVARICIA: Se te ha dicho que la justicia no existe.

GULA :   Hay que buscar la forma.

PEREZA: Que salgan, que pierdan el miedo.

BONDAD: No hay otra salida. Una cura o una vacuna garantizada ciento por ciento.

VANIDAD: Trabajar.

ENVIDIA: Sí, trabajar.

AVARICIA: Combatir el desempleo que nos está arruinando.

IRA: Trabajar y nada más.

BONDAD: ¿Y la salud?

VANIDAD: Algunos morirán, como en todo, pero la economía se salvará. En las guerras los héroes han dado el ejemplo.

AVARICIA: Seremos grandes, ricos y poderosos, eso

es lo que cuenta.

IRA: Los pobres y los viejos que vayan desocupando.

LUJURIA: Es una infamia.

VANIDAD: Es la vida.

GULA: La vida es comer.

PEREZA: La vida es dormir.

BONDAD: La vida es ser mejor con el prójimo.

VANIDAD: Eso no tiene ningún sentido. Cada uno que se las arregle como pueda.

ENVIDIA: Si eres bueno te envidiarán.

IRA: Se burlarán de ti.

BONDAD: Si no hay justicia aumentará el crimen.

VANIDAD: Imposible, dominaremos. Implementar Ley y Orden.

BONDAD: El hambre puede más que la honradez.

GULA: Si hay más rebrotes el pánico se apoderará de todo.

PEREZA: Sería peor.

VANIDAD: Con el tiempo desaparecerá.

BONDAD: Siéntate a esperar el último verano.

GULA: Muchos están regresando al campo.

VANIDAD: Se necesitan alimentos.

GULA: Muchos de verdad.

IRA: Este virus ha jodido la vida.

BONDAD: Evidenció que todos somos iguales.

AVARICIA: ¿Iguales?

BONDAD: Sí, iguales, ataca a todos por igual. No toca la puerta, entra.

GULA: El miedo se generalizó.

PEREZA: En el que se te atraviesa no ves un enemigo, ves un contagiador.

BONDAD: La gente tiene miedo.

VANIDAD: Sinceramente no son ni tantos los muertos.

GULA: Son muchos.

PEREZA: Hay tristeza, los que cantaban ya no cantan y los que lloraban no tienen lágrimas.

BONDAD: Aprender a vivir con el virus, es lo que hay.

GULA: Nadie sabe de coronavirus.

BONDAD: Necesitamos verdades, vacunas y curas
duraderas.

VANIDAD: Importante que la encuentre un amigo.

AVARICIA: Sería un golpe de genialidad y fortuna.

IRA: Por lo pronto no hay la protección abso-
luta.

BONDAD, GULA, PEREZA Y LUJURIA: Cura o vacuna garantizada

VANIDAD Y AVARICIA: Que la encuentre un amigo.

BONDAD, GULA, PEREZA Y LUJURIA: Cura o vacuna garantizada.

VANIDAD Y AVARICIA: Sería un golpe de genialidad y
fortuna.

BONDAD, GULA, PEREZA Y LUJURIA: Cura o vacuna, patrimonio de todos.

VANIDAD, AVARICIA, IRA Y ENVIDIA: Siempre po-
niendo peros.

VANIDAD Y AVARICIA: Que la encuentre un amigo.
Sería un golpe de genialidad y fortuna.

TODAS LAS MUERTES: *(Pausa {1, 2}) (En coro mientras siguen a un personaje imaginario que pasa entre las
lápidas y mausoleos-Algunas la señalan).* Allí va Morta.

Con mucha lana y rueca nueva. Cortando hilos de vida para dictar muerte *(Pausa {1, 2} - Reiterativas como si ya lo hubieran dicho).* El huso también es nuevo (Pausa {1, 2}) Cortando hilos de vida para dictar muerte.

LUJURIA: Oh no. Se ha parado detrás de Bondad.

GULA Y PEREZA: No puede ser, no debe ser.

VANIDAD: Claro que sí.

IRA Y ENVIDIA: Bondad es una piedra en el zapato.

VANIDAD, IRA Y ENVIDIA: Ninguna muerte puede ser anulada.

TODAS LAS MUERTES MENOS LUJURIA: Ninguna, es nuestro oficio.

VANIDAD: Bondad no debe morir.

VANIDAD, IRA Y ENVIDIA: Bondad es una piedra en el zapato.

        (Las muertes, menos Lujuria rodean a Bondad que después de un forcejeo se desvanece y cae muerta)

LUJURIA: *(En voz alta)* ¡No es mi muerte! ¡Conste, no es mi muerte! Era buena por eso la terminan. Yo soy solo gozo, por eso me detestan. No es mi muerte. Ni ella debió morir ni yo soy pecado.

LAS MUERTES MENOS LA LUJURIA: Es nuestro oficio *(Se van acercando a la Lujuria)* Es nuestro oficio, somos la muerte. *(Lujuria escapa) (Las muertes cuchi-*

cheando) Somos la muerte, es nuestro oficio, somos la muerte. *(Se van al lugar donde comenzó la pieza) (En voz más audible)* Somos la muerte, es nuestro oficio, Somos la muerte, es nuestro oficio. *(Bajan la luz y el sonido de las voces de las muertes que se ha ido repitiendo. (Pausa {1, 2} Se escucha el sonido de un vibrador. Oscuridad)*

- FIN -

Los ensayos

De izquierda a derecha: Sasha I Rivera, Amparo Cordero, Ana María Ha-milton, Hilda González, Geraldine Campo, Joan Amaya, Katiria De La Cruz y Ana Milena Campo.

Ana Milena Campo

De izquierda a derecha, Katiria De La Cruz, Joan Amaya, Ana María Hamilton, Amparo Cordero, Geraldine Campo y Sasha I Rivera a quien se le celebró su cumpleaños.

Ana María Hamilton

De izquierda a derecha: Joan Amaya, Amparo Cordero, Ana María Hamil-
ton, Hilda González, Katiria De La Cruz, Geraldine Campo y Ana Milena
Campo.

Katiria De La Cruz

Sasha I Rivera (izquierda) y Joan Amaya.

Geraldine Campo

Geraldine Campo (izquierda) y Katiria De La Cruz.

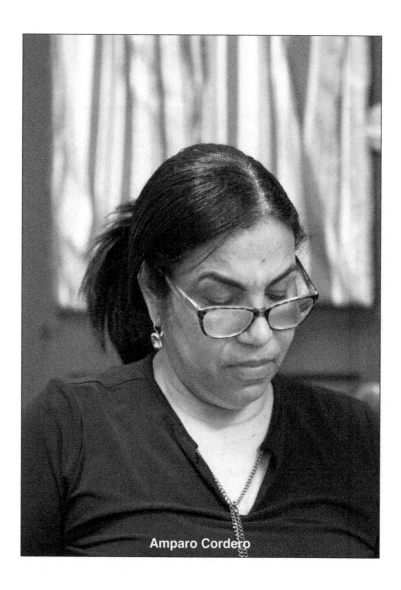

Amparo Cordero

De izquierda a derecha. Atrás: Sasha I Rivera e Hilda González, al frente: Geraldine Campo y Amparo Cordero.

Sasha I Rivera

De izquierda a derecha: Ana María Hamilton, Hilda González y Geraldine Campo.

Hilda González

De izq a der: Geraldine Campo, Ana Milena Campo y José Díaz.

Joan Amaya

De izquierda a derecha: Amparo Cordero, Katiria De La Cruz, Ana María Hamilton, Geraldine Campo, Ana Milena Campo Y Sasha I Rivera mostrando uno de los anuncios de la lectura del 14 de mayo de 2022.

La primera lectura

Sábado 14 de mayo de 2022 - 7 PM

anorama CULTURAL
Latin News®

presenta:

Entre lápidas y mausoleos
Obra de teatro escrita y dirigida por José Díaz

La primera lectura (estreno) se realizará el sábado 14 de mayo de 2022 a las 7 de la noche en Allentown, PA - Todos están invitados pero por razones de espacio y distanciamiento social, es necesario hacer una reservación llamando al 570.657.6812

Con:

Amparo Cordero · Ana María Hamilton
Ana Milena Campo · Geraldine Campo
Hilda González · Joan Amaya
Katiria De La Cruz · Sasha I Rivera

"Entre lápidas y mausoleos", escrita por José Díaz, es un interesante encuentro que ocurre entre los siete pecados capitales personificados por catrinas y la Bondad, en medio de lápidas y mausoleos en un cementerio cualquiera.
Los diálogos, sin tapujos, son reveladores e irreverentes. El espectador encontrará, muy seguramente, una forma distinta de ver la realidad en que vivimos.

Solo para mayores de 18 años

La primera lectura se realizó el sábado 14 de mayo de 2022 a las 7 de la noche en el 1425 Oeste de la Calle Linden en Allentown, Pensilvania, Estados Unidos, con el siguiente elenco en orden de aparición:

Lujuria - Ana Milena Campo
Envidia - Ana María Hamilton
Vanidad - Katiria De La Cruz
Ira - Geraldine Campo
Bondad - Amparo Cordero
Pereza - Sasha I Rivera
Gula- Hilda Gonzalez
Avaricia - Joan Amaya

Escritor y director - José Díaz

Esta lectura se filmó y puede verse en el canal de YouTube: Jose Díaz-Escritor

Ana Milena Campo.......... Lujuria

40 años de edad, nacida en Barranquilla, Colombia. Masajista profesional, soltera, madre de 3 hijos. Ana Milena se considera carismática, sociable y divertida. Le gusta leer y bailar. Ama los atardeceres y el mar.

Ana Milena Campo

Ana María Hamilton.......... Envidia

Nació en Holguín, Cuba. Estudió Bellas Artes, pintura y artes plásticas en Cuba, España y los Estados Unidos. Dedicada a la pintura. Sus obras han sido expuestas en Allentown, Filadelfia, Nueva York, Miami, Los Angeles, Barcelona y Cuba. Ama a su familia, amigos, el arte y la libertad.

Ana María Hamilton

Katiria De La Cruz.......... Vanidad

Dominicana, casada y madre de dos niños. Activista dedicada a colaborar en las organizaciones que apoyan, motivan y organizan a los latinoamericanos en Allentown, Hazleton y en Penn State University.

Katiria De La Cruz

Geraldine Campo.......... Ira

Nació en Caracas, Venezuela. Diseñadora gráfica de profesión. Disfruta viajar y realizar actividades al aire libre.

Geraldine Campo

Amparo Cordero.......... Bondad

Nacida en Nagua, República Dominicana. Graduada en educación y terapia familiar. Casada con tres hijos. Amante de la naturaleza y de la vida. Comprometida con proyectos educativos, culturales y comunitarios.

Amparo De La Cruz

Sasha I Rivera.......... Pereza

Nació en Puerto Rico, madre soltera de 2 hijos. Se define como emprendedora y segura de sí misma. Sasha afirma que sobre sus espaldas carga un morral lleno de optimismo.

Sasha I Rivera

Hilda González......... Gula

Nació en Monterrey, México. Titulada en Ciencias de la Comunicación. Fundadora de ICDI (Interlace Cultural y Desarrollo Integral Mexicano). Fundadora del grupo de baile "Sin Fronteras". Conduce el programa de entrevistas "Tendencia VIP". Ama a su familia.

Hilda González

Joan Amaya.......... Avaricia

Natural de Newark, NJ., de padre peruano y madre puertorriqueña. Desde 2008 ha hecho trabajos en comerciales, comedia, teatro, videos musicales y largometrajes en inglés. Este es su primer trabajo en español.

Joan Amaya

José Díaz, nació en Cali, Colombia (1953), terminó su carrera en Gerencia y Mercadeo y un MBA en Gerencia en la Universidad Mundial en Puerto Rico. En el Lehigh County Community College en Pensilvania, obtuvo un grado asociado en contabilidad. En la Universidad de Nueva York se graduó en negocios internacionales.

En 1977 se casó con Danilza Velázquez.

Fundó en 2002 y es editor del periódico "Panorama Latin News", que circula los miércoles, cada quince días, en Filadelfia y ciudades vecinas en los Estados Unidos.

En 2012 José Díaz publicó: "Yo candidato: Propongo, prometo, me comprometo". Un libro con entrevistas a 9 presidenciables dominicanos y "El Libro de Epitafios" (ficción). En 2013 publicó: "Pupi" Legarreta, La salsa lleva su nombre". Una biografía autorizada de Félix"Pupi" Legarreta. En 2020 la pieza de teatro "Entre lápidas y mausoleos". En 2021 la biografía autorizada del músico dominicano Cuco Valoy y el libro "RETRATOS/PORTRAITS" en el cual presenta una selección de fotos tomadas durante 40 años del ejercicio periodístico y entusiasta de la fotografía. Inició 2022 con una edición revisada de "Entre lápidas y mausoleos", la pieza cuya primera lectura se realizó el día 14 de mayo de 2022 en el 1425 Oeste de la Calle Linden en Alentown en el Estado de Pensilvania en los Estados Unidos.

Ha escrito y dirigido varios cortometrajes que pueden verse en la plataforma Mowies y en YouTube en la página: "José Díaz. Escritor". En 2017: CORTOMETRAJE ¿CÓMO HA SIDO TU DÍA?", en 2018: CORTOMETRAJE SELFI.

José es cerámista y hace esculturas en madera y acero.

José Díaz

De izq a derecha. Fila de atrás: Joan Amaya, Katiria De La Cruz, Ana María Hamilton, Sasha I Rivera. En la fila del frente: Hilda González, Amparo Cordero, José Díaz, Geraldine Campo y Ana Milena Campo.

El público
14 de mayo de 2022
1425 W Linden St
Allentown, PA 18102

De izquierda a derecha: Sasha I Rivera, Joan Amaya, Amparo Cordero y Bruce Fritzinger.

De izquierda a derecha: Danilza Velázquez, Michael Lebson, Kate Hughes y Ana María Hamilton.

Alan Levin

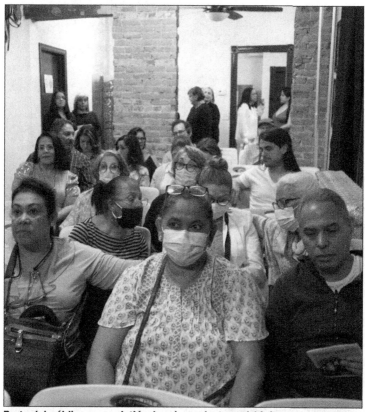

Parte del público que asistió a la primera lectura el 14 de mayo de 2022 en Allentown, PA.

José Taveras

Parte del público que asistió a la primera lectura el 14 de mayo de 2022 en Allentown, PA.

Noelia Ortiz-Lightner a la izquierda y Joan Amaya.

De izquierda a derecha: Kurt Woods, José Díaz, Christopher Shorr y Alberto Espinoza.

Un grupo de amigos comparte una vez terminada la lectura.

*De izquierda a derecha: Rosmary Ortíz Soto , Olga Negrón, Marigny Pe-
llot y Alani Jiménez.*

Tres amigas comparten impresiones sobre "Entre lápidas y mausoleos" después de la lectura.